歌集

# たまさかの雪

小野克子

砂子屋書房

# 序文

小野克子さんの遺歌集が出版されるということで、そのゲラを拝見しながら、豊橋の国立病院に勤めていた日々をなつかしく想い出しています。
小野さんは、一九七〇年代に豊橋に開設された、ＮＨＫ文化センターの短歌教室に入られて、わたしはそこの講師として小野さんの歌をみることになったのでした。
多くの講習者にまじって、小野さんがにこやかに話しておられる姿を、今でも覚えています。
小野さんの歌は、たとえば、

白妙のテーブルクロスその白を寂しみにつつ白飯を食む

のように、きっちりと定型を活かした、姿のよい歌で、「白妙」の「白」と「白飯」の「白」を、ごく自然に一首の中で反響させるという技巧の冴えがありました。これは、誰にもできることではなく、小野さんの教養と才能をあかしするものだと思います。

自然に取材した歌も多いのですが、すこし例をあげてみましょう。

梅園を廻り廻りて下枝無き木々の寂しさ誰言ふとなく
ゆくりなく左岸右岸を渡り行く思惟とも見ゆる照る夕螢

一つは梅園の梅の木であり、一つは夕螢です。しかしそこに「下枝無き木々の寂しさ」とか「思惟とも見ゆる」といった、主観的な、知的な感想を加えて歌を作りあげているところに特徴があります。

この点は、人事を歌った歌についてもいえます。

あはれみは憎悪のごとくしばしばも面に泛びぬ人もうからも
人はみな好めると謂ふふじ林檎香るたまゆら言葉仕舞ひぬ

他者の姿をみながら、小野さんは、人間という存在のおもしろさ、人の感情とか好みとかいうもののあらわれ方に気付いています。しかし、小野さん自身も、それをあらわに言うことはありません。「言葉」はそっと胸のうちに納められてしまいます。それを、おだやかなリズムで言っています。

例をあげるときりがありませんが、もう少し引用してみましょう。

降り続く雨に疵つく蕚なれば眠れるごとし菖蒲の園は

やはらかに秋の光は満ちながら厨の不気味青菜根菜

さにつらふ楓紅葉の落葉を掃き寄せるごと一世はありぬ

色褪せし料紙を燃やせば立ち上る煙の中のわが五月闇

うから三人こころひとつに水蓮の花開く音聴くよしもがな

傍線を引いた部分に、作者の批評があり、嘆声があります。自然をうたいながら、人事を、心理を、そして人生を重ねています。

窓ごしに午後の陽の照る街揺れて重き病の友に向かひぬ
不可思議にその名の響くジギタリス総状花序に咲けるすがたも
せつせつと文言のごと降る雪に異土に向かひし人等想ひぬ
冬空のクレーンの速度に描きゆく老いゆく日々のわが設計図
ゴルフクラブ振れば忘れる痺れある夫の足指五月雨の朝
丹念のまことの抽んでてをりし君なりき萩の散りゆく夕べ
エッシャーの図形思ひたりふつふつと風に紛れる牡丹の冬芽
排気ガス友としなせる万両の揺るることなき朱き実玉は
時じくに莟膨らむラベンダーの直ぐなるままにあれと祈りぬ

私の好みのままに、例歌をあげましたが、読者は、また別の観点から、小野さんの自然自己一元の歌のよさを味わって下さい。

あのころNHK文化センターに来て下さった人たちの中には、まだ、今も

「未来」の選歌欄で、歌を作りつづけている人も、たくさんいらっしゃいます。「ユニゾン」という雑誌で、お互いに競いあい、論じあった仲間も、今も歌を作っています。

わたし自身も、あの豊橋における日々を基礎にして、今まで、歌を続けて来ました。

小野克子さんの遺歌集を読みながら、深い感慨に沈むのは、そうした人生的な大事な一時期を小野克子さんの歌と共にすごしたのだと思うからでしょう。

小野克子さんの霊よやすかれと祈ります。

二〇一七年十二月九日

岡井　隆

＊目次

装本・倉本　修

# 歌集　たまさかの雪

## 白妙の

夏帽子畳みゆくとき木の蔭の石は冷たく音を立てたり

白妙のテーブルクロスその白を寂しみにつつ白飯を食む

オレンジゼリー涙のやうに光る卓きびしき秋の水置かれたり

うつすらと砂の埃が光りいつ踏み越えてゆく石のきざはし

ゆつたりと素焼きの鉢のベンジャミン夕ぐれどきの空の明るさ

門に立ち迎へる犬の眼は澄みて裡なる荒野を見つめるごとし

犬の背に散りたる萩の花冷えてそこより秋は広がるらしも

火群立つごとく咲きたる木犀の無言に礼を奉げつつ秋

引き潮の波音聴きぬ箱詰めの昆布の紐を解くたまゆらに

いちにんの客待ちにつつ坪庭の織き光に照る実むらさき

## 野の羊

まぼろしの南洋諸島切れ切れの雲の真下に浮びてありぬ

川水の澄みたる街と知らざればクライストチャーチビル街の風

連れ立ちて静かに歩む野の羊金雀枝（えにしだ）いろの風纏ひつつ

雪積みて明かき稜線窓に見るマウントクックハミテージの夜

茫茫と空晴れゆけば暁のマウントクック峰はなやぎぬ

吹き曝しのままに深まる万両のくれなゐの実を母は好めり

横に横にとのびる下枝は切り落し梅園の径単純に在る

梅園を廻り廻りて下枝無き木々の寂しさ誰言ふとなく

降り頻る白雪の夜部屋内に咲く紅梅の美しからず

降る雪ゆ生れくる音のあらざれば声潜め待つ秘色の天を

# 衣更

さらさらとわが掌の届かざりし棚の上にある瓶の青さは

あはれみは憎悪のごとくしばしばも面に泛びぬ人もうからも

繊細に浅葱刻む手捌きの我を越えたる汝と思ひぬ

彼岸西風(にし)入日の揺るる厨辺の発光体のごとき鶏卵

駐車場の造成工事始まりし寺より給びぬ槇の木一樹

衣更気付かぬままに通学の少女等ルックザックを掛けて

幾度も繕ひにけり春秋の小振りにありし汝の鞄は

守るべき規約乏しき校風の他とも思ふ汝が身嗜み

朝庭の紅萼紫陽花手折りゐつ竣工間際の窓の飾りに

ゆつたりと若葉の庭に馴染みゆく楓欅を労りて梅雨

## ズック靴の旅

しばしばも栗の木の花揺らしつつ風のやさしき陸奥(みちのく)の旅

名残りとてあらぬ草屋根シロフォンの流るるやうな山里の昼

唱名のごとく流るるものありて木の間がくれに光るダム湖は

縺れたる絆曳きゆく夏空に濃ゆく流るる飛行雲まで

咲く花のまばらに在るもこの年の酷暑のうれひ日光黄菅

恙無き旅をし祈り底厚きズックの軽さ言ひ募りたり

水影の薄れゆきつつ朝なさな祈れるごとし並ぶ欅の

この夏の日照りを耐へし幾千の葉の沈黙の深ければこそ

欅とふ名も知らざりし歳月の凡庸蔑視されつついまも

西日差す刻美しきこの町の欅の並木凛凛と伸ぶ

燦燦の光溜めゆく梢かなビルに応へて戦ぐ欅の

## 寺庭

まひまひの形のごとく咲く萩の花のかたみの秋風の音

舞ひ上ること知らざれば地に翳る風に散りたる萩の行方は

水提げて歩む寺庭伽羅の香の何処より来て何処へ還る

寺庭の障子に揺るる萩の影曲りし我の背も重ねゆく

きはやかに西日に対ふ槇の梢庫裡竣工の祝祭了んぬ

つくづくと一期一会の床仰ぐ崋山描きし馬の寂しも

ほのぼのと笑まふ木仏円空の素朴うれしとハガキ給ひぬ

人はみな好めると謂ふふじ林檎香るたまゆら言葉仕舞ひぬ

暖かき師走の舗道藍染めのショール幾重に巻きて歩みぬ

夕照に赤信号が溶けてゆく何方に住む獏と思ひぬ

## 怒る波風

エレベーター出でて歩めば祝祭のごとく少女等立ち並びいつ

訳も無く怒る波風見つづける四十五階の望遠鏡に

階段の行き着くところ芝枯れて風捲き上がる屋上庭園

懐に温とき風を鳴らしめるショパンの丘の寒椿かな

春草のいやめづらしき碗を焼く萩の泥華にあくがれてゐる

# 風邪熱

風邪熱に浮かされるまま暁に壁紙の花揺れ始めたり

風邪ゆゑに懈怠の著し積りゆくベンジャミンの枯葉もいくつ

庭隅にエリカの莟膨らめりわれの感冒の日数告げつつ

端居して眠りたき午後ねこやなぎ光溜めゆく膳所(ぜぜ)焼の壺

寒椿天衣無縫の真昼間の分離帯吹く風のみだれは

サンディエゴ湾

国境に穏しく警官群れながら何か捜りて犬を曳きゐつ

この国の富のごとしも乱れつつ入江に光るヨットのマスト

青空に釘付けされし幾千のマスト競へるときこそあらめ

きらきらと鏡面ガラス照りながら強者のごとく競ひ建つビル

老いふたり我に清しく笑まへども言葉持たざることのみにくさ

夕映えのサンディエゴ湾に碇泊する第七艦隊の大いなる影

この日ごろ

降り続く雨に疵つく蕚なれば眠れるごとし菖蒲の園は

花を見る葉を見る雨の音聞きぬ一心不乱の菖蒲のこころ

この日ごろたなぐもりつつ追憶の酸ゆきを告ぐる茱萸の朱き実

五月雨に打たれる茱萸のこころざしただ頑張れと言ひし父はも

みづがねの空より降る天邪鬼茱萸の実いくつ潰しゆくらし

弾き出す願望として西日入る窓のあること風の鳴ること

## 梅雨の旅

雨降れば安らぐ旅のつれづれの〈「雨の木(レイン・ツリー)」を聴く女たち〉

打ち靡く絹布のやうに咲き揃ふ夕菅の花梅雨のあはひに

曇り空過ぎて華やぐ夕管に天恵と謂ふ傘広げなむ

譲りつつ人擦れ違ふ遊歩道郭公の声聞き留めにつつ

雨止みて青葉の香る夕ぐれは笑ふ少女の声響きたり

樟並木辿りて行きぬローソンの明りを過ぎて元禄橋へ

問ひ掛けて答あらざる椎の木の宵闇われら立ち尽したり

宵闇の底より点り舞ふ螢たとへば花と言ふ人もいて

浮き沈み危ふく見えて小さき火の螢は螢の刻をはなやぐ

射干玉の闇の静寂に響きたり残業終へて来し人の声

## 八月の窓

草葺きの屋根にかはりてスレートのここだ照りたるみちのくの夏

ゆきまどふ怒りに染まる夕焼を玻璃に集めて八月の窓

猫の額の夫の菜園清晨のつれづれ風の濃淡見つつ

やはらかに秋の光は満ちながら厨の不気味青菜根菜

夕さりて遮断機の音聞きをればしのびて散りぬ庭の白萩

したたかに散りし木犀土の上の明かき愁ひを秋と思ひぬ

土の上の土となりたる木犀の花に近付く夕かたまけて

天伝ふ入日さしぬれ虹色に照る玻璃窓の続くわが町

ゆくりなく茂りし萩の咲く園にしたりがほして秋冷は来つ

秋に来る寂しき鳥は黄櫨（はぜ）の木に伸びよ伸びよと語りて行きぬ

## 枯野の風

実生なる庭の幾本槇の木の可憐さしづめ世紀末まで

「庭の千草」唱ひ給ひしおもかげの野菊乱るる夕風のなか

窯元の美濃の風呼ぶ鶴頸に渦巻きながらツルウメモドキ

想念を截ち切りたくて爪を切る秋の日差しも截ち切りたくて

移り易き心の襞に見ゆるまで秋の夕べの羊雲かな

聴くものは低音ばかりいつよりかわれ等枯野の風に揉まれて

この年の恩寵として北国の風の香れる林檎を摑む

冬空のごとき会話の聞こえ来し若き妻らの寄り合ふなかより

空つぽの枝を放れる冬雲の急げ急げと風に従きゆく

さにつらふ楓紅葉の落葉を掃き寄せるごと一世はありぬ

## 歌カルタ

祥瑞の風と思へばこの一日裸木の梢の揺れ止まざるも

歌カルタ読みて競へる寒の夜さ無知蒙昧を淋しむばかり

歌カルタ読みあぐる夫おほちちに似てゐると言ふおほちち知らず

相鎚を打つとき上る抑揚の扨（さて）も其の後蠟梅給ふ

火に向きて両手を伸ばす人の影おのもおのもの祈りに籠り

## 青きスカーフ

バスタブに梅花一枝浮かしたり唐国の人迎へし夕べ

思ひ出の染む水筒に如月のアルカリイオン水満たしてゆくも

首筋に青きスカーフ鮮やぎて光あつめる妻となりぬ

優しさを保ちて粱に乾きゆくフランネル草少女のかひな

外国産の青菜白葱肩寄せて囁くばかり二月の売場

昼前の光に和める奥つ城の径の侘助やや俯きて

日々の安寧告ぐる友の文ローズマリーの花のむらさき

ほつほつと水木花咲く昼過ぎの閑雅を頒つ電話の老母（はは）と

日焼せし耳朶にピアスの新しく保護観察となりし少年

憧憬は魁夷の描きし「静唱」の薄暮の木立　白き風音

## 海老の目

弾みつつ浮きたる幼児雑踏の風を連れ来つ真昼のプール

水しぶき烈しく上り幼らの帽子見え隠れする水の面

さながらにポップコーンと嫁の言ふ染井吉野は八分咲きつつ

伸び悩む蔓に咲きたる花ひとつスイートピーと告ぐる朝方

形無き意志なるはずが形あるごとく重たく昏れゆく一日

馬鈴薯の花の香りを言ふ嫁の戦さの日々を知らざる世代

藍滲む古布にて描きし海老の目のかく美しきリサイクルこそ

さは言へど為すこと難きリサイクル雨に打たるる木の葉を見つつ

この国に学ぶネパールの青年の語らざる種姓（カースト）の昏さは

ひとときの夕風のなか梅の実を摘みたり堅き幹に寄りつつ

わが五月闇

色褪せし料紙を燃やせば立ち上る煙の中のわが五月闇

危ふさは夜道の上と言はれつつ夜毎尋(と)め行く螢の川へ

ゆくりなく左岸右岸を渡り行く思惟とも見ゆる照る夕螢

子ども等の懐中電灯弧を描き水辺ひととき騒立つばかり

眠りつつはつかに笑まふ嬰児をガラス戸越しに眺めて飽かず

颱風の眼のため撓ふ槐の木ことほぎの木と誰か言ひたり

水蓮の花

澄み果てる夏の日差しにゆつくりと呼吸してゐる寺院の柱

薄暗き真昼の駅舎人まれに唄ふやうなる沈黙(しじま)に坐せり

浮かび来つ張子人形描きしを宿題として午後の縁側

うから三人こころひとつに水蓮の花開く音聴くよしもがな

せせらぎの音聴きしかば軟らかく目蓋を閉ぢる腕の嬰児

しろがねのクレーン閑かに廻りつつビルの肺腑を満たす真夏日

低やかに建ちたるフェンス隔つべき小庭の萩の枝伸びらかに

キシキシと来しファクシミリ一枚を読み忘れなば袋小路に

行き戻る老人会の回覧板油蟬鳴く午後のひととき

とまどひつ歩める道の老なれば照り翳りする道であるべし

## 楤木（たら）の芽

切り口に漂ふ不気味玉葱を静かに切りぬ手くらがりにて

逡巡のこころ浅黄の蕗の薹摘みて浮かせる朝の椀に

朝光に身幅揺らして楤木(たら)の芽のその名問ひたり嫁とその夫

無農薬無漂白とふ大豆にて無味乾燥の味噌になるらし

キーウイは熟して庭に落ちながら寡黙に過ぎる如月の土

一斉に散りし木犀荒天の朝の覚悟囁きにつつ

執着は水になりゆく秋風のベデストリアンデッキ往きつつ

階段を下りゆくとき膝頭疼くは風の仕業と思ひぬ

玻璃窓に曇りあらざる柞葉の老母（はは）の一日の幾度の空

偶さかの雪

思ひ出に浸りゐるごと樫の木に止まりし目白ひととき啼きぬ

偶さかの雪を告げたり永眠に近付く母の手に触れながら

雪明りする部屋ぬちで病床の母は頻に目を開きたり

収穫の乏しき麦を恥ぢながら農に励みし戦後の母は

主なき帽子のやうな白き月冬明け方の空の片隅

塗箸の模様

卓上に朝の光の届くまでエッグタイマー変りゆく色

さりげなく模様に見ゆる塗箸の剝げたるところ朝の陽のなか

根菜の小鉢に運ぶ塗箸の模様散りたる桜花びら

パン焼きを学びて帰り来し嫁の花やぎながら微笑みながら

花の雨静かに玻璃戸伝ふ午後怯えつつ読む『沈黙の春』

母に似る面

トキワマンサク花期終りゐて引返す間際はつかに車輪落とすも

ジープ来て縄手を引かれ行きにつつ車も我も混沌の昼

大方は家居の閉ざすはつなつの空に鳴るごと咲く桐の花

肩寄せて木蔭に御座す石仏の亡き母に似る面の優しさ

山躑躅夕日に透きてポケットのハンケチのごと慎しきかな

木の蔭の水甘ければ初夏の長彦川に螢舞ふらし

山近き夜の村里を訪ひゆけば鳴きかはす犬の声透りたり

山里の暮らしを守る外燈の灯りて美しきくらやみの道

この夜も縄手の小さき橋の上に人は集ひぬ螢火待ちて

蛙鳴く声に混じれるいちにんの声なつかしき夜の畦道に

風の清しく

はらからのなべてが他界せし亡母(はは)の寂寥甚だしく思ふ秋風

市街地の夕とどろきに入りてゆくカラーコピーのやうな頭髪

らんらんの孫の自慢を聞きゐたりゆふかたまけて風の清しく

皿の上に揺れるゼリーを食む幼（をさな）かけがへのなき宇宙たそがれ

阿呆とふことば聞こえる夕まぐれ宗旦木槿萎れゆく花

「バッハが町にやって来た」

斉唱のごとく木犀香る日はフランス落しを外しておきぬ

錆付きし茶釜の鐶を納屋に見て亡母の両手を一日想ひぬ

竜巻に因る停電の夕餉かな蠟燭の火に心も揺れて

混沌の車窓過ぎ行くたそかれの線路づたひに咲く酔芙蓉

存在を恥じらふやうに夕さりて白色となる芙蓉の花は

荒れわたる市井の風に揺れながら咲き継ぐ庭の秋冥菊は

秋冷のこころ温めつつ聴きぬ「バッハが町にやって来た」

小刻みに木の葉揺れゐる秋空に不平一片放ちてやりぬ

休日の長浜市街カーテンを曳きたる引き戸黒塗りの桟

秋風は微かに鳴りて華やぎの名残に茂る槇の木太く

三寒四温

枯芝の寂かに広がりゆく気配雨の上がりし庭土踏めば

気後れのする子のやうにひつそりと実生の槇が片寄りてゐつ

しどけなく花のはららぐ山茶花の日だまり母の声を聞きたり

床に差す光明るくなりたれば幼（をさな）と飾る雛（ひひな）の調度

あはあはと三寒四温のやうに来る手のやはらかな二人の幼

誘はれ心和ぐやと来しかども小雨の烟る巫（かんなぎ）の森

ことほぎの言葉探しぬ大杉の樹齢二百有余の幹の直截

応仁の乱の京より移り来し植樹なしたるとほつおやこそ

ほつほつと咲く梅の花村おこし森づくりせむと静かに唱ふ

ダムの底になりゆくあたり一面のテニスコートのライン光りぬ

## 水無月の夜

行き戻るバリアフリーの話し合ひ雨音しとど水無月の夜

梅雨晴れてこころすさびに窓拭きぬ夕さりの空透き徹るまで

立竦む人の影ある菜園のオクラの花は月光（つきかげ）のいろ

薄らと白雲の影動きたり車跡切れし舗装道路に

浮き沈み咲く水芭蕉自（おのづか）ら風となりゆく水音聴きぬ

項垂れる人のすがたに枯蓮を挿したる壺の立つウィンドー

カテーテル治療を終へし夫の辺に夕ぐれの淡き光とどきぬ

浮き上る手の静脈を眺めつつ陋巷に死すわれと思ひぬ

自己顕示さびしと思ふアカンサス花瓶に活ける奥津城の朝

踏みだしてゆくこと難し巷間にバリアフリーの語は溢れつつ

## 青紫蘇の花

窓ごしに午後の陽の照る街揺れて重き病の友に向かひぬ

誰よりも輝きをりし友なれば病に籠る日々の辛さは

吉良村の黄金堤（こがねづつみ）に行きし日の写真の友の晴れやかなりき

甦る記憶はいつも無口なり白萩の葉のはつかに揺れて

時じくに咲きし梔子（くちなし）夕さりて面輪のごとく浮き立つ花は

ははそ葉の母の和装の半衿に似てつつましく青紫蘇の花

病みてゐる友への便りほつほつと咲く秋明菊の花も一輪

秋雨の音にまぎれておのづから饒舌となる同窓会は

労力を節約せむと造られしオルゴール音は寂しく鳴りぬ

きつぱりと夜来の雨の晴れたればフルーツパーク冴え返る木々

遠来の友の去り行く単線の鉄路に淡く夕日照りたり

山峡を走る車窓に響き来つ冬に入りゆく木々の戸惑ひ

おのづから知る境涯の風の音雑木林の黄葉を渉る

秋の日に照る白壁の家の影再開発の街おごそかに

連れ立ちてきざはし登る城閣のいにしへ人の視野を思ひつつ

道の辺の桜紅葉のひとひらを手帳に挟む風に吹かれて

かへらざる人

住宅の疎に在りて昼日中何に急ぎてをりし車か

停止の標識守らざりしライトバン見通しのよきことも死角に

風冴ゆる辻に残りし自転車に事故の刹那を聞きたきものを

かへらざる人待ちて立つ自転車の無疵に暮るる縄手四つ辻

啜り泣く子等に寄り添ひ流れゆく時間に耐へる午後の病棟

マイセンの皿

穏やかに姪の華燭の宴終り「磁器への道」を訊ね歩きぬ

木製の跳橋の道門司港の雲たむろせる海に続きぬ

瓶提げて屈める女人染め付けしマイセンの皿どこまでも白

美味なるは常に力と告げてゐる景徳鎮の大皿見たり

車窓より見る諸葛菜慎しく旅立ちてゆく少女のこころ

## 虚空に道

人寄ればバリアフリーの話し合ひ軒端に茂る多肉植物

さらさらとバリアフリーの風吹きて心のバリア揺れる立秋

段差無き街路に茂る植物の易しきバリアと思ふ日のありぬ

庭に咲くペチュニアの花数へつつ跡切れし話の続きを待ちぬ

歯軋りのやうな吹き降り此の夜らは台風の眼に入りゆくらし

ことさらにオクラの花の目立つ午後疎開で行きし村を訪ひたり

忘れゐし歌思ひつつ幾曲り村の林の道を辿りぬ

吹き渡る杉の林の風の音虚空に道の有りと告げつつ

敗戦のみ報を聴きし家の跡鶏頭の花高く照り合ふ

「戦争」を思ふさびしさ崩れたるビルの姿をテレビに見つつ

# 冬薔薇

冬薔薇は白く咲きたり吹きまさる風の睡気覚しのやうに

風に向きて行けども易きしんしんと襟巻と謂ふ布のやさしさ

冬牡丹見つつ思ひぬ美しき形を残す労働のこと

血縁の篤く匂へるこころざし越前海岸よりの水仙

血縁の円居せる日を寂しみて籠りゐる嫁を我は諾ふ

和やかな言葉満ちゆくあしたなりたまさか降りし雪に触りて

無人駅のホームに一人電車待つ冬日震はす風を聴きつつ

首を病むごとく揺れゐる薔薇の花冬雲厚き真昼間の苑

慎しき戦後の母のこころざし絹の飛白の着物解きつつ

謎解きの期待どほりに解けぬまま夕日の端の蕗の薹摘む

## 桜森まで

硝子戸のフランス落しを外すときささめく水木の花に気付きぬ

春の夜うからと共に見よと給ぶ「せかいいち美しいぼくの村」

難民の人々向かふ故郷の沙場となりし「美しい村」

菜を刻む朝の厨を通りたり隣人の飼ふ鶯の声

淡白な麵類好む幼等の幸福の木は何処まで伸びる

戦に果てし級友語りつつ夫の誘ふ桜森まで

人絶ちて奥津城に咲く山桜二百の樹齢誇りて揺るる

選びつつ花の道行く車椅子押す老い人の静かに笑みて

杉花粉夜来の雨の晴れし日は頻りに降ると聞きて籠りぬ

春の夜のアールグレーの紅茶の香言ひたきことも言はずにをりぬ

紫陽花の藍

不可思議にその名の響くジギタリス総状花序に咲けるすがたも

青年はトライアル雇用を言ひてゐつローカル線の地下を過ぎつつ

しみじみと美味は力と言ふ義姉の鱶潤目（ふかうるめ）入り茶碗蒸し食む

核心に触れることなく紫陽花の藍の濃淡語りてをりぬ

樫の木の蔭に咲きたる芍薬の陽に触れるときましてかがよふ

諦念の美しく漂ふ濃緑の山を映してダム湖の水面

乱れ無き夕ぐれの湖煩雑なわが日常を遠く置きたり

山彦の返り来るまで見詰めたり咲き残りたる朴のしら花

幼子の笑ひさざめく夕窓の風の暗さを梅雨と思ひぬ

感情の落差著けしその母を直截に恋ふ幼き子らは

## アフガンの空

三十年前のアフガンの空の青、東松照明写真展見る

見開きし少年の目に宿りたるコバルトブルーの空の明るさ

難聴のきざしと思へば怒り易き人の言葉は風になりゆく

日照り続きの夕べに給びし鷺草に冷えてゆきたり身も魂も

庭先に湧水のごと茂りつつ鎮もり香るラベンダーこそ

麵麭に塗るジャム時かけて選ぶ子の飽食の舟何処に向かふ

一筋の飛行機雲の切れてゆく昏れゆく空の風の無情に

残酷の語彙思ひつついちめんに散りしアベリアの花踏みゆきぬ

信号を右折してゆくあやふさを保ちて続く友情ありぬ

単線の線路づたひに咲く芙蓉うすくれなゐの花の直截

電線の消えし街区の清しさを伝へて友へのひさびさの文

# 狐花

狐花の呼び名もたぬし曼珠沙華あした夕べに見つつ飽かぬを

花弁の縒れし黄菊を購ひぬ永代経法要の日の供華

理不尽な話聞きつつ玻璃窓の揺れゐる櫨の紅葉数へて

屈まりし背中のやうな優しさの臨海地区の橋を渡りぬ

刺つけしままの黄薔薇の花束に心砕きて夕べとなりぬ

中傷の満ちたる川の夢醒めて始発電車の遮断機の音

朝庭に漂ふ冷気乱れたり木犀の葉の散りてゆく音

来る年は咲かしむるらし青きバラ挿すは何れの祝祭ならむ

つらつらと心平らになりてゆく電線の無き街の青空

隣人の逝きてしづけき夕まぐれ櫨の紅葉の葉擦れも止みぬ

## 栴檀の実

夕光に狭庭の紅葉華やぎて交す言葉の数多となりぬ

ゆつくりと窓を摩りてゆく光に湧き出づる亡母（はは）の一つの言葉

草原のやうな夕空馳け出して行くこころざし栴檀の実は

夕菜を思ひつつ歩む細道の桜裸木の影は揺れつつ

繰りてゆくル・コルビジェの謎複雑な直線の生む直截の闇

睦月なか祖母の祥月内仏の鈴に摂取不捨を聞きつつ

しづかなる女正月千代紙の未のかたちに折り畳みたり

卓上は話の林折られたる枝束にしてグラスに挿しぬ

「いくさ」とふ語彙の心を過ぎること多くなりたり冬雲の影

微かなる水音を聞く夜半ながら幼の白き手の浮かび来つ

## 鬼火

優勝の外人力士称ふ声バイリンガルの触角と聞く

寒郷の歩道橋を渡りつつ幾重に纏ふ冷たき風を

連れ立ちて病後の旅に出で行くと友はスカーフ靡かせながら

旅立ちし友の安否を祈りつつ節分草を図鑑に引きぬ

幾筋の鬼火のやうな夕雲に淡く戦争の文字浮かびたり

母の言ひし言葉を想ふ春の朝「人間万事塞翁が馬」

電線を地中に埋設せし街区春の光は白く満ちたり

少年は帽子の鍔を逆にして自転車を漕ぐ一途に美しく

慎重に構へるこころと思ふまで緑を畳む明日葉の芽は

幸せが待つてゐますと謂ふ顔に人並びつつプラットホーム

## 欅の芽

戦闘のニュース聞きつつ花時の過ぎて空木の花開きたり

燃え上るイラクの街の映像を嘗てのわが街わが家のごとく

残酷と思ふまで美しき夕照にイラクの人等何思ひけむ

談笑の人の群より立ち上る煙のやうに欅の芽吹く

聞き紛ふ数多の言葉おほかたは春野に揺れる野馬と思ひぬ

取り留めもなく川の辺に茂り合ふ雑木の中の一本の花

生け垣に羨望の花咲かせつつ「村」と呼びゐる絆の街区

自転車の速さ競ひて行くふたり槻若葉の道翳りつつ

海の辺に向かふ道路は一途なり温室畑の真中を通り

夏柑の花の香りを聴きませとひさびさの声卒寿の人の

亡き姑の纏ひをられし沈香のごとく香りぬ夏柑の花

色細やかに

しんしんと聴く蟬時雨声帯を失ひし友の便りを見つつ

ゆるゆると全治の川を渉られて岸にて吹かるる再発の風

病みながら色細やかに描かれたる夏の帽子の群青の鍔

思ひ出は幾つもあれど足りぬとふ夏の帽子の絵手紙の文字

雨の音密かに窓を走る夜「寒さの夏」の詩句を思ひたり

文言のごと

せつせつと文言のごと降る雪に異土に向かひし人等想ひぬ

たまさかの雪を耐へゐる庭木々の薄日差し来るときのかんばせ

供瓶には白き水仙追憶は錆色ばかり祖母の祥月

寺庭に見し侘助の一輪の浮かびぬ夕べの厨に立ちて

かがなべて合格通知待つ人の十二単のやうな夕雲

並ぶ雛

日差しまだ届かぬベンチに人居りぬペデストリアン・デッキを行けば

いにしへの町の面影「本陣」の深き廂に安らふこころ

紅梅の香り漂ふ「本陣」の古き雛の幾十の目は

過ぎし世の富を量りぬ追憶の羅列のやうに並ぶ雛の

西向きに屏風の位置を替へてみる虎の眼に陽が差すやうに

片寄りて入江に停泊するヨット丘の上の花見詰めてをりぬ

咲きすさぶ山桜花昏れ残る空の青さをカンバスとして

おのづから花の木下に並びたる墓石の文字を読み返したり

夕風の止みし静寂を包みゆく花ゆたかなる刻となりたり

咲く花に送るエールと思ふまで高速道路の車両響きぬ

## わが設計図

冬空のクレーンの速度に描きゆく老いゆく日々のわが設計図

冬庭に咲くラベンダーを震はせる一心不乱の縄跳びの子等

明確な解答あらず雨降ればエリカのマッス彩深まりぬ

花の名のエリカと言へば仲良しの友の名前を幼言ひたり

紅白に梅咲く道の行き詰り眠れるごとし鎮守の森は

菩提寺の法話に聴きし「あたりまへ」この一言を量りてゆかな

宿るたのしさ

幼等はネバーランドの雲と謂ふ散房花序の山査子の花

荒草の中に咲きける山菫陶器の鉢に植ゑ集めたり

夜更しの子等の言ひ分惜しむらく祖父母の家に宿るたのしさ

書く文字の形良けれど書きて行く順序大方間違ふ幼

開きゆく花の過程の不思議言ふ昨日挿したる芍薬見る子

白雲木抱へ来し人花置きて手早く杖を折り畳みたり

黙してをりし

咲き揃ふ百日草の花赤くゴッホの家の簡素を読みぬ

ゴルフクラブ振れば忘れる痺れある夫の足指五月雨の朝

気儘なる主張ばかりの昼下りグラスに充たす梔子の花

こころぞへ涼やかに聞き目を注ぐ漏斗形成すペチュニアの花

椅子の背に寄り掛かりつつうたた寝の子の手の時間重たくないか

叱られて黙してをりし幼子は山査子の紅き実に寄りゆきぬ

翳りなつかし

松葉色に髪の光りて朝庭の蟬の抜け殻見てゐる幼

朝じめる葉叢のなかのひつじぐさ十六弁の花開きたり

夕さりて風籠りたる菜園のレモングラスははつかに戦ぐ

茜さす空に舞ひ立つ青鷺の羽音聴きたし心静かに

偶さかに語り給ひし「熊野」の曲低きみ声の翳りなつかし

エリカ茂りぬ

茜さすムラサキシキブの葉を千切る目安立てざるゲームのやうに

擦れ違ふ季節の風に鳴りてゐつムラサキシキブの珠実光りて

明確な境界線のあらざれば形崩してエリカ茂りぬ

丹念のまことの抽んでてをりし君なりき萩の散りゆく夕べ

騒めきし取り入れの時季なつかしむ霧雨烟る田の面を見つつ

濃き夕焼の空

誡めのやうに寒さの訪れて紅輝ける庭の楓は

町並の清しきこころ言ふなれば低き廂がよきと聞きたり

屈折を知らざるままに女童の『方丈記』暗唱しきりなる午後

樫の木の鶫途方に暮れてゐる濃き夕焼の空を眺めて

徐に湯豆腐掬ふ夜の卓足助重範（あすけしげのり）最期を謳ふ

電話鳴りたり

手短く話を結ぶ兄の声独り住ひの妹病むと

「克く終りあるはすくなし」とふ語句の検査の続く日々に浮かびぬ

偶さかの雪降り積る夜の更けて手術終了の電話鳴りたり

緩りと雪降る夜の道行けば見知らぬ街のやうな町並

順当に病癒ゆれば妹の苦をたのしみし時機のいろいろ

老母を看取りし妹病む日々に心ひとつになりしうからは

## 牡丹の冬芽

丹精の文字温めゆく掌(たなごころ)　朝(あした)牡丹の冬芽を見つつ

エッシャーの図形思ひたりふつふつと風に紛れる牡丹の冬芽

墓原へ続く境内大ぶりの牡丹の冬芽しんしんと笑む

後じさり為すこころざし凍りたる朝（あした）の葉蘭丹念に挿す

排気ガス友としなせる万両の揺るることなき朱き実玉は

虹色の毛糸の指に絡みゆき綾取りの子の雲に行くまで

遠来の友を迎へる朝（あした）挿す白き椿の名は「みやこどり」

マロニエの芽吹き初めたる風景を裏返したり春のあらしは

檜葉の木の下蔭に咲くうす紅の椿一輪その名を知らず

眠り姫の目覚めのやうに白き萼開きゆきたるセツブンサウは

くもり日の余寒厳しく昼ながら明かりをつけて読む『バカの壁』

二回廻しの縄飛びをする女童をさくらの言葉で誉めてあげよう

辛夷咲きたり

永らへる今日の不思議を言ふ夫と水辺を歩む水のこころで

噴き上ぐる水の飛沫の光りつつ萌芽の木々を渡りて行きぬ

跳び立ちて行きし冬鳥ふるさとのラピス・ラズリの空と思ひぬ

生え揃ふ土筆に寄りてゆく子等の自転車風に倒されてゆく

直截に背丈競ひて走り行く子等賑やかに辛夷咲きたり

飯桐の朱の実の濃く不手際を述べて友より絵ハガキの来つ

式典は花の季節となる甥の造型的な言葉を聴きぬ

父を看取り母を看取りて行きなづみこころ清らに在りし妹

握りゐし手の冷えてゆく命終のはしなくも名を呼び続けたり

白き牡丹咲き残りゐて兄夫婦住む喪の家に入りて黙しぬ

葦牙（あしかび）の萌え出づるまま枯葦の消えし水の辺風音あらず

揺れ止まぬ藤蔓の棚見上ぐればうるみゆきたる初夏の空

## 積乱雲

沈黙の輪を包みゆく送り火の木槿むらさき一日の花に

残されし手紙の束を解きてゆくヤバネススキの葉擦れ聞きつつ

はらからの要でありし妹の逝きし庭面に茂る梔子

バイパスを通り行く時夕空に頑なに照る積乱雲は

草原に戯れるごと庭に舞ふビニール袋を追ひ掛ける子等

言葉みな優しきリズムになるやうに求めし猫のスコティッシュフォールド種

絹織りのリボンのやうな声出しつ猫に近寄る娘(こ)も女童も

在りし日のメモの委細を思ひつつ晩夏の庭に摘む猫じやらし

「鬼ごつこ」する子供等の肩触れて白萩の枝揺れ止まざるも

女童のマラソン二番を聞く夕べ薄紅色の芙蓉咲きたり

綿毛のやうに

何処までも続く青空幼等の自己顕示紅き山査子の実は

流れゐる風は利己的幼等の子猫と遊ぶ役割のため

日曜の午後の公園異国語は綿毛のやうに流れてをりぬ

人々の歩みの遅速眺めつつ身振ひをする辛夷の黄葉

電線の消えし町並窓光り風は四角く流れゆきたり

おそ秋の夕べの祈り祭壇の遺影美しく長浜さんは

蘇る折節給びし言の葉の何時も優しく真直なりき

夕さりて降る雪裸木に積りつつ異郷のやうな道となりたり

肩先に雪を残して赤石の山並み近く見ゆる朝空

淡緑の檜の枝を撓めつつ供花となしゆく如月あした

## マロニエの並木

再開発終りし街区マロニエの花咲き揺るる鈴鳴るごとく

橡の木の花とは言はずマロニエと語れば人は振り向くものを

マロニエの並木の花を見ることも亡き妹の願ひでありき

幅広き舗装道路の風青く細き背の青年歩む

紅色に花弁光る山法師病後の夫と歩めば出会ふ

虹色の紫陽花の花雨の午後訪ひ来る友を待つ卓の上に

花言葉「旅人の喜び」と謂ふクレマチス咲く丘を聞きたり

コンクール目差すと語る女童の辛夷の青葉の戦ぎと思ふ

うねるやうな枝に付きたる桃の実の熟れゆく日々を躍りゆくらし

羞しさは強さとなりてゆくことも鉄線の花切りつつ思ひぬ

桜もみぢ揺らぐ

女童の寄り行く窓に糸菊の弾けるやうな夕暮の街

下蔭に紅のマッスの曼珠沙華喜びながら少女は描く

青空に浮き立つ辛夷見上ぐれば広倒卵形の黄葉揺れつつ

時じくに蕾膨らむラベンダーの直ぐなるままにあれと祈りぬ

桜もみぢさ揺らぐ朝生き生きと路面電車の走り過ぎたり

## 女童の笑顔

北側のビルに応へて風微温(ぬる)みラベンダー咲き続く冬庭

下側の暗き冬雲群なして浮かぶを見つつ昼ふけてゆく

一日の色調運ぶ夕光に暗くなりゆく松の木の影

咲き続く花の真白を喜びぬパウロの名を持つクリスマスローズ

万両の実は紅く照り女童の笑顔積みゆくこの年となれ

# あとがきに代えて

母は、自然を愛し、言葉に親しみ、いつも歌をつくっていたように思います。孫たちの成長を歌に表現し、また、父との散歩をする中で自然を感じながらの歩く時間は楽しみの一つであったように思います。

母の短歌の思いは「ゆにぞん」の№二十八から読み取ることができました。

色褪せし料紙を燃せば立ち上る煙の中のわが五月闇

岡井隆先生が短歌として認めて下さり忘れられない一首となった短歌です。「ゆにぞん」では、岡井隆先生のご指導により、大岡信先生の講演会・若い気鋭の歌人や俳句の方々のパネルディスカッション・歌評会等への出席を通して、とても楽しく学びのときを持たせていただいたようです。遅まきに短歌を学び始めたにも関わらず、励ましてくださる友人の方々に恵まれ、幸せな時間を過ごさせていただきました。音楽や美術その他いろいろな事柄への憧憬を持ち続けられてきたことは「ゆにぞん」からの贈り物として大切にしていきたいと思っていたようです。岡井隆先生には、心より感謝申し上げます。残念ながら、母は今年の九月十四日に病のため帰らぬ人となりました。

このたびは、母が「未来」へ歌稿し続けてきました短歌の集大成を発行させていただくことになりました。その折には、竹内文子様には大変お世話になり、心より御礼申し上げます。

最後に編集及び発行に際し大変お世話になりました砂子屋書房の田村雅之様、装丁を快くお引き受けくださいました倉本修様に深く感謝申し上げます。

平成二十九年十一月八日

小野全子

# たまさかの雪

二〇一八年二月三日初版発行

著　者　小野克子

著作権継承者　小野全子
愛知県豊橋市南小池町一二〇（〒四四一―八〇四四）

発行者　田村雅之

発行所　砂子屋書房
東京都千代田区内神田三―四―七（〒一〇一―〇〇四七）
電話　〇三―三二五六―四七〇八　振替　〇〇一三〇―二―九七六三一
URL　http://www.sunagoya.com

組　版　はあどわあく

印　刷　長野印刷商工株式会社

製　本　渋谷文泉閣